U0437508

作家出版社
建社70周年
珍本文库
1953—2023

作家出版社建社70周年珍本文库

策划 / 鲍　坚　张亚丽

终审 / 颜　慧　王　松　胡　军　方　文

监印 / 扈文建

统筹 / 姬小琴

出版说明

1953年，作家出版社在祖国蒸蒸日上的新气象中成立，至今谱写了70年华彩乐章。时代风起云涌间，中国文学名家力作迭出，流派异彩纷呈，取得的成绩令世人瞩目。作为中国出版事业的中坚力量，作家出版社在经典文学出版、作家队伍建设、文学风气引领等方面成就卓著，用一部部厚重扎实的作品，夯实了新中国文学的根基。为庆祝作家出版社成立70周年，向老一代经典作家致敬，向伟大的文学时代致敬，我们启动"作家出版社建社70周年珍本文库"文学工程，选取部分建社初期作家出版社首次出版的作品重装出版，彰显中国风格、中国气派和文学价值观上的人民立场，共同见证新中国文学事业的勃发和生机。相信这套文库的文学价值和社会意义，将随着时间的推移而日益显示出来。需要说明的是，由于一些原因，未能尽数收录建社初期所有重要作品，我们心存遗憾。衷心感谢中国作家协会、各位作家及作家亲属给予本文库的大力支持。

作家出版社

内容简介：

《潮汐集》分《潮集》《汐集》两部分，此次只收录了《汐集》部分，是郭沫若解放前所做新旧体诗词，包括少数早期作品。这些诗按写作时间由近至远编排，在编集前大部分没有发表过，其中有些是作者从日记中选录出来的，其余均为散见于其他著作中而没有编入诗集的作品。

郭沫若

（1892—1978）

原名郭开贞，笔名郭鼎堂，四川乐山人。中国作家、诗人、历史学家。1921年，与郁达夫、成仿吾等人组织创造社。中华人民共和国成立后，历任中央人民政府委员、政务院副总理兼文化委员会主任等职。代表作有《屈原》《女神》《虎符》《棠棣之花》等。

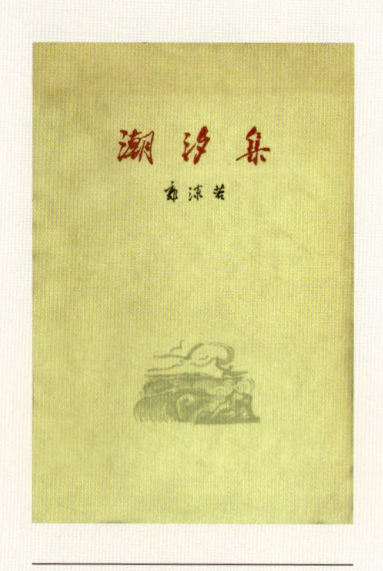

作家出版社 首版封面

《潮汐集》

郭沫若 著
作家出版社1959年11月

潮汐集

郭沫若 ○ 著

作家出版社

图书在版编目（CIP）数据

潮汐集 / 郭沫若著 . -- 北京：作家出版社，2023.10
（作家出版社建社 70 周年珍本文库）
ISBN 978-7-5212-2477-1

Ⅰ.①潮… Ⅱ.①郭… Ⅲ.①诗集－中国－当代
Ⅳ.① I226

中国国家版本馆 CIP 数据核字（2023）第 162441 号

潮汐集

策　　　划：鲍　坚　张亚丽
统　　　筹：姬小琴
作　　　者：郭沫若
责任编辑：杨兵兵
装帧设计：棱角视觉
出版发行：作家出版社有限公司
社　　　址：北京农展馆南里 10 号　　邮　　编：100125
电话传真：86-10-65067186（发行中心及邮购部）
86-10-65004079（总编室）
E-mail:zuojia @ zuojia.net.cn
http://www.zuojiachubanshe.com
印　　　刷：北京盛通印刷股份有限公司
成品尺寸：142×210
字　　　数：90 千
印　　　张：8.5
版　　　次：2023 年 10 月第 1 版
印　　　次：2023 年 10 月第 1 次印刷
ISBN 978-7-5212-2477-1
定　　　价：70.00 元

作家版图书，版权所有，侵权必究。
作家版图书，印装错误可随时退换。

目录

赴解放区留别立群 / 001

苏联纪行五首 / 003

题书画册 / 006

忆樱桃树 / 007

和金静庵 / 008

泰山不让壤 / 009

贺友人在巴黎公社纪念日结婚 / 010

题画梅二首 / 011

咏梅 / 012

咏兰 / 013

赠国际友人 / 014

磐磐大器 / 015

访徐悲鸿醉题 / 016

赠张瑞芳 / 017

双十一 / 018

题水牛画册 / 019

题湘君与湘夫人二首 / 020

补题湘君与湘夫人二首 / 021

题柳浪图 / 022

题夏山图 / 023

题伯夷叔齐图 / 024

题傅抱石熏风曲图 / 025

喻仿石涛者 / 026

题刘伶醉酒图 / 027

咏虎二首 / 028

题彝器图象拓本 / 029

叠和亚子先生四首 / 031

观《两面人》/ 034

题打渔杀家图 / 036

题新莽权衡 / 037

题关良画凤阳花鼓 / 038

题天发神谶碑 / 039

拟屈原答渔父辞 / 040

忆嘉州 / 041

赠舒舍予 / 042

题画虎 / 043

题幼女图 / 044

咏秦良玉四首 / 045

帝子二绝 / 047

题赠董老画二绝 / 048

次田寿昌韵寄赠 / 049

题沈衡老像 / 050

题巫峡图 / 051

看《南冠草》演出后 / 052

题梅怪画梅残幅 / 053

吊姜爱林 / 054

题良庄图 / 056

原来寿母是同乡四首 / 058

反七步诗 / 060

灯台守 / 061

白杨来 / 063

孔丘 / 065

题风景画二首 / 066

和冰谷见赠却寄二首 / 067

寿柳亚子先生 / 069

题延光砖五首 / 071

题人物画二首 / 074

山容 / 075

咏水仙 / 076

题李可染画二首 / 077

游特园 / 079

铭张天虚墓 / 081

求仁得仁者 / 082

黄山探梅四首 / 083

题敦煌画展 / 085

祝新华日报五周年 / 086

咏王晖石棺 / 088

题王晖棺玄武象 / 090

丹娘魂 / 092

吊友 / 094

题峡船图 / 095

题画莲 / 096

崇德小学校歌 / 097

气朔篇 / 098

牧童与水牛唱和 / 101

题傅抱石画八首 / 102

感怀 / 107

和亚子 / 108

咏月八首 / 109

雨 / 112

钓鱼城怀古 /113

有赠 /114

夜和高鲁诗二绝 /115

听唱《湘累曲》四首 /116

赠朴园 /118

和黄任老观《屈原》演出二首 /119

赴璧山途中再和黄任老观《屈原》演出韵二首 /120

三和黄任老观《屈原》演出后 /121

平生多负气二首 /122

题吴碧柳手稿 /124

和无名氏观《屈原》演出后二首 /125

赠《屈原》表演者十六首 /126

和李仙根观《屈原》演出一首 /132

偶成 /133

无题 /134

倔强赞 /135

题画翎毛花卉三首 / 136

赠潘梓年 / 138

题傅抱石画山水小幅 / 139

和鸳湖老人二首 / 140

用原韵却酬柳亚子 / 141

步原韵却酬沈尹默 / 142

浓雾垂天 / 143

贺十月革命二十四周年 / 144

题天溟山水遗墨 / 145

文化工作委员会成立一周年 / 146

"九一八"十周年书感 / 147

抗日书怀四首 / 148

鸡公是号兵 / 151

回报马叔平用原韵 / 152

寄赠南洋吉打筹赈会 / 153

轰炸后 / 154

燕老鼠 / 156

燕老鼠的抗议 / 157

天鹅蛋 / 158

纪念日本人反战同盟一周年 / 159

秋风 / 160

赠谢冰心 / 161

和老舍原韵并赠三首 / 162

登尔雅台怀人 / 164

和沈衡老 / 165

为陈望道题画 / 166

题苏联妇女生活展 / 167

苏联友人歌 / 168

传湘北大捷 / 170

百蝶图四首 / 171

奔涛 / 173

题《画云台山记图卷》/ 174

华禽吟 / 176

百虎图 / 177

感时四首 / 181

题李可染画二首 / 184

满天星 / 186

鞭石谣 / 188

建设行 / 189

送田寿昌赴桂林 / 191

闻新四军事件书愤二首 / 192

题慰劳前线书 / 194

解佩令 / 195

题饮马长城图 / 196

读方志敏自传 / 197

鹧鸪天四首 / 198

挽张曙诗两首 / 201

望海潮 / 202

夜会散后 / 204

水调歌头 / 205

司徒慧敏导演《白云故乡》题赠 / 207

和朱总司令韵四首 / 208

汉相 / 210

喜雨 / 211

题路工图 / 212

游北碚 / 214

石池 / 215

题花卉画二首 / 216

登乌尤山 / 217

别季弟 / 219

晨浴北碚温泉 / 220

喜雨书怀 / 221

题竹扇 / 222

有感 / 223

惨目吟 / 224

铭刀 / 225

舟游阳朔二首 / 226

登南岳 / 228

在南岳避空袭寄怀立群桂林十首 / 229

长沙有感二首 / 232

陕北谣 / 233

广州郊外 / 235

南下书怀四首 / 236

上海沦陷后吊于立忱墓 / 238

看《梁红玉》/ 239

题山水画小帧 / 240

题画红绿梅二首 / 241

赠达夫 / 242

断线风筝 / 243

题渊明沽酒图 / 244

信美非吾土 / 245

悼德甫 / 246

过汨罗江感怀 / 248

采栗谣 / 249

春寒 / 250

十里松原四首 / 251

夜哭 / 253

寻死 / 254

与成仿吾同游栗林园 / 255

新月 / 256

即兴 / 257

休作异邦游 / 258

茶溪 / 259

赴解放区留别立群

此身非我身，乃是君所有，
慷慨付人民，谢君许我走。

赠我怀中镜，镜中有写真，
一见君颜开，令我忘苦辛。

赠我琉璃梳，每日必梳头，
仿佛君在旁，为我涂膏油。

赠我象牙爪，能搔身上痒，
仿佛君在旁，余温犹在掌。

赠我皮手套，是君亲手购，
仿佛君在旁，紧握我双手。

赠我毛线衣，是君亲手织，
仿佛君在旁，拥抱不相释。

谢君珍重意，我亦知自爱，
非为爱此身，为民爱器械。

地北与天南，相隔纵远遥，
献身为三反，此心只一条。

寄语小儿女，光荣中长大，
无须念远人，须念我中华。

中华全解放，无用待一年，
毛公已宣告，瞬息即团圆。

1948年11月作于香港

苏联纪行五首 *

一

生别常恻恻，恻恻至何时。
孤鸿翔天末，天末浮云低。
北山有网罗，雏稚不能飞。
南山无乐土，难得一枝栖。
哀鸣不相闻，冷雨湿毛衣。

二

清晨入园林，杲杲明东日。
林檎枝头青，坠地无人恤。
亦有胭脂花，亦有白蝴蝶。

---

* 1945 年夏，作者受苏联科学院邀请，参加苏联科学院第 220 周年纪念大会，在苏联各地游览时所作。

凤仙花正开，芙蓉笑生靥。
美人隔云端，相思肠百折。

三

晨风溢清凉，草木凝青苍。
花枝纷烂漫，皎皎映朝阳。
鸟语空中闻，时复见翱翔。
回忆水牛山，三径谅已荒。
狐鼠正纵横，徙倚断人肠。

四

临流濯我巾，巾秽犹能洁。
牢忧荡我肠，百摺浑欲折。
纵有林泉幽，纵有歌舞绝。
天国非人间，人间正流血。
不当归去时，此心将毁灭。

五

一字横眉额下齐,
浓情怫郁正相宜。
指头痒痒频抓饭,
赢得鬶颜一解颐。

题书画册

长袍广厦诗人愿,
陋巷箪瓢圣者心。
安得斯民登衽席,
九州欢听读书声?

1945 年 4 月 23 日

忆樱桃树

文工会被解散后,赖家桥乡居撤销。闻樱桃树已发花,成此。

窗外樱桃道又红,
花时不得一相逢。
五年春事侰偬过,
独倚南楼怅晚风。

1945 年 4 月 20 日

和金静庵

平生四海惯为家,
刻鹄未成不敢夸。
折节粗通风雅颂,
立身幸免乘除加。
微憎已失耳为耳,
犹信堪能牙报牙。
秉笔相期学司马,
无心取宠向谁哗。

1945年3月28日

泰山不让壤

泰山不让壤,
上有凤皇巢。
健翮凌风举,
奋飞岂惮劳?
鸣声闻六合,
唤来百鸟朝。
旭日正东升,
会看高复高。

1945年3月18日

贺友人在巴黎公社纪念日结婚

宏抒康济夜深时,
各具生花笔一枝。
但愿普天无匮乏,
何劳双鲤系相思?
域中潮浪争民主,
海上风云漾曙曦。
特取巴黎公社日,
朋簪聚贺泛琼卮。

1945 年 3 月 18 日

题画梅二首

一

瘦骨凌寒意不孤,
一花于唱万花喝。
年年相似君休怪,
只为冰霜岁岁俱。

二

饱历冰霜伴碧苔,
本无孤峭在根荄。
朔风不到人间后,
日日江头映水开。

1945 年 3 月 7 日

咏 梅

漫道侬心真是铁,
只缘冬日冷于冰。
后来桃李皆兄弟,
直把莓苔作股肱。
幸克和羹增效益,
敢因胜雪露骄矜?
甘为薪炭膺斤斧,
不愿人间再有僧。

1945 年 3 月 7 日

咏 兰

泽国孤臣邈,
澧兰尚有香。
年年春日至,
回首忆高阳。
香本无心发,
何须譬作王?
寄言谢君子:
实在不敢当。

1945 年 3 月 7 日

赠国际友人

四海皆兄弟，
五洲是一家。
况将心与血，
保卫我中华！
爱情如大气，
山岳何能遮？

1945 年 2 月 19 日

磐磐大器

磐磐大器共金樽，
涤荡陪都万丈尘。
今日域中谁是主？
春回冻解雁来宾。

1945年2月6日

访徐悲鸿醉题

豪情不让千钟酒,
一骑能冲万仞关。
仿佛有人为击筑,
盘溪易水古今寒。

1945 年 2 月 5 日

赠张瑞芳

风雷叱罢月华生，
人是婵娟倍有情。
回忆嘉陵江畔路，
湘累一曲伴潮声。

1944 年 12 月 26 日

双十一

柳亚子先生从桂林来渝,1944年11月11日在我寓天官府四号,设席洗尘。席中周恩来同志由延安飞至,赶来参加。衡老作诗以纪其事,因而和之。

顿觉蜗庐海样宽,
松苍柏翠傲冬寒。
诗盟南社珠盘在,
澜挽横流砥柱看。
秉炬人归从北地,
投簪我欲溺儒冠。
光明今夕天官府,
扭罢秧歌醉拍栏。

1944年12月25日

题水牛画册

任劳兼任怨，
努力事耕耘。
谁解牺牲意，
还当问此君。

1944 年 12 月 3 日

题湘君与湘夫人二首

一

沅湘今日蕙兰焚,
别有奇忧瞿此君。
独立苍茫谁可语?
梧桐秋叶落纷纷。

二

夫人矢志离湘水,
叱咤风雷感屈平。
莫道婵娟空太息,
献身慷慨赴幽并。

1944 年 11 月 22 日

补题湘君与湘夫人二首

一

古帝南巡不计年，
苍梧遥望恨绵绵。
至今犹有湘妃竹，
往日啼痕个个圆。

二

水中荷盖播椒堂，
桂栋兰橑月有香。
多谢怀沙人意厚，
免教永夜泣丛篁。

1944 年 11 月 23 日

题柳浪图

杨柳丝丝拂浪垂,
江南春色是耶非?
蜀山归后身如寄,
仿佛丛阴有子规。

1944 年 11 月 22 日

题夏山图

万山磅礴绿荫浓，
岚色苍茫变幻中。
待到秋高天气爽，
行看霜叶满天红。

1944 年 11 月 22 日

题伯夷叔齐图

伯夷与叔齐,
饿死首阳草。
缘何耻周粟?
千古无人晓。
岂因臣弑君?
乃以暴易暴。
抗志在唐虞,
浅人何足道!
一歌遗永意,
蕨薇胡太少?

1944 年 11 月 19 日

题傅抱石熏风曲图

阮咸拨罢意低迷，
独坐瑶阶有所思。
一曲熏风无处寄，
芭蕉叶绿上蛾眉。

1944 年 11 月 17 日

喻仿石涛者

石涛一奇人，
泼墨即成画。
游戏在人间，
洒脱空四大。
与造物为人，
落笔何所怕？
大力贵浑然，
疑将宇宙炸。
学之能超之，
有益于天下。

1944 年 11 月 17 日

题刘伶醉酒图

世人皆大醉,
乃谓我酒徒。
窃国者侯窃钩诛,
礼教吃人猛于虎,
我不姓刘不名伶,
我乃宇宙之真主。

1944 年 11 月 17 日

咏虎二首

一

独在山林潜隐，
平生耻见狐鼪。
人乃谓余暴猛，
世间多少不平！

二

世间只见人吃人，
山中未闻虎吃虎。
我亦未尝自称王，
人之王者自比虎。

1944 年 11 月 15 日

题彝器图象拓本

一

拓本精工胜画图,
轻于蝉翼韵如酥。
前人误释盨为簠,
误簠为敦理实疏。

二

爵戈并列意深长,
盉甗同登大雅堂。
天龟征见轩辕古,
主人趣味不寻常。

三

六舟逝后技犹薪[1],
残缺转添艺味真。
一纸每逾金石寿,
八千年内尚为春。

四

王氏释盉意可寻[2],
以浆和酒劝花斟。
于今上户犹如此[3],
大曲调橙味更深。

---

[1] 六舟乃近代僧人,精于拓出全器形象。
[2] 王国维有《说盉》一文,言盉乃和酒之器。
[3] 善饮酒者为上户,反之,不善饮者为下户。

叠和亚子先生四首

一

凭栏独醉瓮头春,
殚怒逢天信不辰。
南渡衣冠羊胃烂,
东来寇盗羽书频。
挽戈我亦思挥日,
悬胆谁能解卧薪?
方报中原人被发,
倭氛已过汨罗滨。

二

烽燧连天已七春,
流年又届木猴辰。
乾纲独断原如此,

池渴今看乃自频。
驱石犹夸鞭是铁,
靳闻仍贱足于薪。
煤山千古传金鉴,
徼幸还飞象海漘。

三

黄天当立世当春,
民主高潮际此辰。
心轴凡三倾折始,
战场第二报开频。
挟山今见人超海,
厝火何堪自寝薪?
幸有烛龙章北极,
震雷将起马訾漘。

四

八千岁内尚为春,
俎豆操传岳降辰。
睥睨骚坛推独步,

盱衡国步谢斯频。
登楼想见情追羿,
曲突知循客徙薪。
安得奋飞乘铁鸟?
崇朝共醉桂江漘。

1944年6月15日

观《两面人》*

天地玄黄图太极，
人情反正有阴阳。
茗斋不为茶山死，
毕竟聪明胜知堂。

死守茶山事可嗤，
道穷则变费心思。
阴阳界上阴阳脸，
识向还如风信旗。

品罢茶经读易经，
顿从马将悟人生。
东西南北随风转，
谁想牌牌一色清。

---

* 剧为阳翰笙同志作，祝茗斋是剧中主角。

道原是一何曾两?
白马碧鸡不是双。
识得此中玄妙者,
主张穷处不慌张。

1944 年 5 月 21 日

题打渔杀家图

英雄老去隐渔家,
失水鱼龙困蟹虾。
打尽天涯不平事,
江湖气魄女儿花。

1944 年 5 月 21 日

题新莽权衡

一

秦皇冀传万代,
新莽亦希亿年。
均属昙花一现,
人间空剩衡权。

二

自昔视民如水,
王朝兴复如波。
亿年空余文字,
万古不改江河。

1944年5月21日

题关良画凤阳花鼓

只请你听听花鼓,
谁知你那样糊涂!
你竟然以目代耳,
忘记了我的丈夫。

1944 年 5 月 21 日

题天发神谶碑[*]

孙家四世霸江东,
虐政居然与帝通。
神谶发余天亦笑,
人皮剥尽气如虹。[1]
凤凰甘露真儿戏,[2]
辛癸雄风苦醉翁。[3]
剩有太平文字在,
炳烺万古泣雕虫。

1944年5月4日

---

[*] 天发神谶碑即吴主孙皓天玺纪功碑。碑已折为三段,文字不全。
[1] 孙皓最暴虐无道,嗜杀成性。《三国志·吴志》载其"每宴会群臣,无不咸令沉醉。置黄门郎十人,特不与酒,侍立终日,为司过之吏。宴罢之后,各奏其阙失。……大者即加威刑,小者辄以为之罪。……或剥人皮,或凿人之眼"。
[2] 凤凰、甘露均孙皓年号。
[3] 殷纣王名受辛,夏桀王名履癸。

拟屈原答渔父辞

平生契稷志，
无意学庄老。
所谋道不同，
隔叶鸣黄鸟。
君有水上舟，
漂浮任潦倒。
我有水中室，
荷盖甚精巧。
出世君如尘，
飞扬随风袅。
入世我生根，
化为泥与草。
芙蕖发幽香，
光争日月皎。

1944 年 4 月 10 日

忆嘉州

海棠香国荔枝湾[1],
苏子当年寓此间。
云外读书声已歇,
空余楼阁对眉山。

1944 年 4 月 6 日

---

[1] 乐山县城号"海棠香国",亦有地名荔枝湾。城外凌云山上有苏东坡读书楼,与峨眉山远远相对。

赠舒舍予

吾爱舒夫子，
文章一代宗。
交游肝胆露，
富贵马牛风。
脱俗非关隐，
逃名岂畏穷？
国家恒至上，
德业善持中。
寸楮含幽默，
片言振聩聋。
民间风广采，
域外说宏通。
健步谢公屐，
高歌京洛钟。
更因豪饮歇，
还颂后雕松。

1944 年 4 月 1 日

题画虎

古言苛政猛于虎,
如今世界争民主。
虎犹平易可近人,
饮水思源辨甘苦。
人之诡兮虎似狐,
其害之酷酷于鼠。

1944 年 3 月 30 日

题幼女图

芦苇深处鹭双飞，
驻桨回看笑满衣。
天外秋风无信息，
涟漪未上女儿眉。

1944 年 3 月 16 日

咏秦良玉四首

一

石柱擎天一女豪,
提兵绝域事征辽。
同名愧杀当时左[1],
只解屠民意气骄。

二

兼长翰墨世俱钦,
一袭征袍万里心。
艳说胭脂鲜血代,

---

1 左良玉兵骄将悍,使"人之居者行者俱不得安保其身命"(马士奇语)。

谁知草檄有金音?[1]

三

平生报国屡争先,
隆武新颁瞬二年。
八月关防来蜀日,
南朝天子又宾天。[2]

四

萑苻满目咎安归?
涨地胡尘接紫微。
无复当年风虎意,
空余白秆映斜晖。[3]

1944年3月13日

---

1 崇祯赐秦良玉诗有"饮将鲜血代胭脂"句。又石柱县有金音石,可制砚,传说秦良玉草檄用之。
2 南朝曾赠秦良玉以"太子太保总镇关防"印,今犹存。印背刻有"隆武二年八月　日礼部造"字样。隆武以乙酉七月改元,翌年八月失踪。
3 秦良玉所部称"白秆兵",其白秆枪,犹有存者。

帝子二绝

一

帝子依稀泪却无，
女儿偏爱在诗书。
闲来偶傍幽篁坐，
不料无心入画图。

二

果然有笔可生花，
桃李春风是一家。
借问东皇能醉否，
天涯底事泛流霞？

1944年2月24日

题赠董老画二绝

朗珂画凌霄花一幅,以赠董老,有鹁鸪鸟一双飞绕枝头。

一

六十华年与岁新,
朋簪此日庆同春。
方今天下何多让?
领导群伦要认真。

二

老兄风格似凌霄,
我辈双双绕碧条。
长此万年兄弟谊,
红花遍地涨春潮。

1944年1月1日

次田寿昌韵寄赠

别后江城万事非,
归来但听不如归。
梦劳双鲤传秋水,
气丧群鸦噪晚晖。
远庆北堂萱草茂,
狂歌西线捷书飞。
海棠溪畔今犹昔,
猎马嘶风待合围。

1943 年 12 月 29 日

题沈衡老像

圣之任者像,
今见沈衡山。
身虽四尺弱,
心似九天宽。
俭道兼儒墨,
仁风振懦顽。
紫桐诗三复,
华发未应斑。

1943 年 12 月 19 日

题巫峡图

不来蜀道不知难，
试看行舟上碧滩。
伏地劳人呼欸乃，
凌空健翮语间关。
黄牛峡过天仍狭，
白帝城边木尚寒。
待到明年春色至，
一帆风顺出巫山。

1943年12月18日

看《南冠草》演出后

金风增肃杀,
君子化蓐收。
欲显神奸佞,
来从地狱游。
现身存月旦,
刻意铸春秋。
识得洪亨九,
呼诛即报酬。

1943年12月10日

题梅怪画梅残幅

气魄峥嵘阅岁华,
满身骨力傲风沙。
当年狱底澄清志,
今日图中寂寞花。
南岭先开惊鬼怪,
东风无主窜龙蛇。
莫教破壁仍飞去,
笼护须劳五色霞。

1943 年 10 月 29 日

吊姜爱林

胡尘弥漫天地否,
日蚀月翳三百祀。
宁远先烈有邦奇,
毁家集士投笔起。
待旦焚籓议已决,
于时己酉冬月矣。
田横五百乃愆期,
九十三人怒发指。
斩木为兵揭竿旗,
十九少年执牛耳。
大观岭上月初斜,
清兵啸至纷如麻。
众寡不敌势分散,
由来国士总无家。
避地天南从克强,
三月十九黄花岗。
君有大幸复不死,
敛羽戢翼归故乡。

期以中秋举义旗,
族人顽者尼阻之。
阻之不得乃告密,
遂入缧绁遭歼夷。
呜呼,就义从容年始冠,
终军毅魄寒虏汗。
相悬七日一来复,
三楚义旗终复汉。
雄塔巍峨瞰四方,
网两避遁狐鼠藏。
国魂所系姓氏香,
千秋共仰宁远姜。

1943 年 10 月 29 日

题良庄图

沈衡老在重庆住所号良庄,其子叔羊作图,索题。

陪都有屋号良庄,
中有一老国之光。
温其如玉貌安详,
年逾七十身康强。
江山四壁伴行藏,
守正不阿翰墨香。
有子能画名叔羊,
图成系诗何琳琅!
我曾登楼望大荒,
江南江北尽青苍。
双江日夜流汤汤,
万山环拱居中央。
先生有道齐顾黄,
热心救国劳呼倡。
犹欲执殳上战场,
梦为营长驱方良,

精诚感人不可当，
青年如渴趋壶浆，
一日不见心遑遑。
安得斯人立庙堂，
扶持人群懿筐筐！
魑魅逃匿凤皇翔，
和风浩浩鼓笙簧。
化将人世作天乡，
此时不仅良庄良。

1943 年 10 月 28 日

原来寿母是同乡四首

一

原来寿母是同乡,
高北门边春日长。
天外峨眉云外月,
影随江水入潇湘。

二

原来寿母是同乡,
得伴诗人护锦囊。
濯足洞庭身玉局,
薪传绝业蔚文章。

三

原来寿母是同乡,
蜀国西归问海棠。
不忆胡尘迷禹甸,
海棠香国又闻香。

四

原来寿母是同乡,
老鹳窝中一草堂。
地号永兴春永在,
华朝鸡黍近重阳。

1943 年 7 月 18 日

反七步诗

煮豆燃豆萁,
豆熟萁已灰。
熟者席上珍,
灰作田中肥。
不为同根生,
缘何甘自毁?

1943 年 7 月 3 日

灯台守

惊涛恶浪势滔天,
风暴蟠空作鬼旋。
大荒黯暗星月死,
万理泯灭夜漫漫。

百怪腾欢百兽舞,
火炬孤撑人独苦。
忽然狂鲸卷地来,
红光一朵余江渚。

此时幸有灯台守,
照耀九天如北斗。
自己先求路不迷,
不使行人惊怕有。

夜长终得见晨曦,
空中早自闻天鸡。
苏南前日方狩罢,

咸感希墨已希微。

东方方良不足数,
早迟武士化民主。
横须贺成浴海场,
富士山为滑冰处。

来年春日樱花开,
举杯痛饮鸿之台。
江户川头一垂钓,
钓取鲇鱼下酒来。

1943 年 6 月 18 日

白杨来

白杨来余斋，
为道有人甚慷慨。
大衣一件复一件，
被人取用意不介。
制到第九件，
夫人心不愿。
再被取去时，
誓不与更添。
衣成果然再被取，
天寒地冻彻骨髓。
取衣者转哀怜之，
原璧归赵被其体。
此真盗者亦有道，
以德报德良有以。
何必再求诗？
此事殊足美。

爱乃磨墨吮笔信手书,
书上白杨将来之白纸。

1943年6月6日

孔 丘

孔丘四十已不惑,
欧谚人从四十始。
吴刚今日兼有之,
表里通彻乘风起。
垂天健翮逍遥游,
况有嫦娥共白头。
文辞华藻壮山海,
笔削严谨成春秋。
慧福双修道已闻,
即不百年亦何忧?
丈夫忧先天下耳,
要使瓮牖之子如公侯!
凤皇鸣矣朝日升,
为人须争第一流!

1943 年 6 月 6 日

题风景画二首

一

杨柳青青古渡头，
烟波淡淡漾轻舟。
闲来袖手无心坐，
转觉平添一段愁。

二

造化分明是画师，
浅红淡绿总相宜。
云烟凝处诗中画，
流水无声画里诗。

1943年6月2日

和冰谷见赠却寄二首

一

归来雌伏古渝州,
不羡乘桴学仲由。
笔墨敢矜追屈杜?
襟怀久欲傲王侯。
巴人扰攘徒趋俗,
鬓发零星渐入秋。
国耻靖康臣子恨,
等闲白了少年头。

二

中原满目尽疮痍,
愧我当年亦学医。
破阵有人成废疾,

临床无术济艰危。
悠悠报国平生志，
易易成家白话诗。
无那五根清听缈，
活人空自慕黄岐。

1943 年 5 月 22 日

寿柳亚子先生

亚子先生今不朽,
诗文湖海同长久。
敢言振发天下聋,
刀锯斧铖复何有!

南社结盟曾点将,
四方豪俊唯君望。
删诗圣手削春秋,
史述南明志悲壮。

七七卢沟卷大波,
一盘破碎汉山河。
羿楼射日日未落,
且挥椽笔如挥戈。

春申一叶天溟开,
崇朝饮马宋皇台。
吁嗟国姓爷已渺,

永历遗迹埋尘埃。

放歌我欲飞南陔,
飞入八桂共含杯。
寿君五十又七盏,
盏盏血泪非新醅。

中原万千鸿鸣哀,
玄黄草木余劫灰。
天地生我在今日,
身无羽翼奈何哉!

珊瑚坝上有铁鹰,
日抟扶摇不我以。
手捧红云天上来,
我为君歌歌不止。

因风我寄《南冠草》,
寿以诗人应最好。
江左由来出奇才,
君与完淳参与昴。

1943年5月19日

题延光砖五首

一

春色招人事远游,
汉砖历历见墙头。
农人只解囿风雨,
谁肯临池学沐猴?

二

剔苔刮垢识延光,
入土于今千载强。
造作牢坚良不易,
难禁骨白与尘黄。

三

汉时此塚属官家，
知是参军抑馆娃？
宝剑已残琴已烂，
空留坚甓向谁夸？

四

甓上犹余汉代钱，
牢坚何补一牛眠！
荷锄惆怅人归去，
蔼蔼江头起暮烟。

五

安帝南巡已道亡，
汉家年号仍延光。
傥来宝贵终何有？
化作民田艺稻粱。

1943 年 5 月 17 日

［附记］1943年4月21日在嘉陵江北岸发现汉墓。砖头有"延光四年七月造作，牢坚谨"十一字。东汉安帝延光四年乃公元125年。安帝于当年三月已死，此犹记七月，盖顺帝于次年始改元为"永建"。

题人物画二首

一　司马相如对卓文君弹琴图

窈窕方寸心，
君家膝上琴。
难经素手挥，
一弹心一憬。

二　仿刘松年群仙图

人间逸处即天家，
桃李枝头正发花。
鹤鹿人间随处有，
仙人何遽隐云霞？

1943 年 4 月 23 日

山　容

山容入禅定，
烟霞任来往。
水静无波澜，
林木枝偃仰。
识得此中趣，
谁为名利想？

1943年4月1日

咏水仙

羞作桃李姿,
天然见娟媚。
滢滢水一盂,
蜂蝶不容醉。
清韵绝尘滓,
幽香来梦寐。
谁知花蕊心,
乃有离人泪?

1943 年 3 月 30 日

题李可染画二首

一 东坡游赤壁图

吾乡苏长公，俊逸才无敌。
脍炙在人口，前后游赤壁。
悠悠一千年，仿佛闻声息。
风清月仍白，江景浑如昔。
微嗟同弱丧，乡梓转空寂。
嘉州与眉州，虽有读书迹。
乃无奇文章，留与后人惜。
竟使陆剑南，借作他山石。

二 村景

作诗与作画，难得是清新。
有品方含韵，无私始入神。

悠悠随白鹭,淡淡泛芳醇。
美在蹄筌外,庶几善与真。

1943 年 3 月 21 日

游特园

林檎一树正着花,
碧桃数枝尚含笑。
篱畔蔷薇色艳红,
心欲摘之难动爪。

嘉陵江水碧于油,
岸头淡淡雾笼罩。
如愁如倦不可名,
但觉清新风味好。

葡萄架柱是汉砖,
架下浅浅有回栏。
砖上犹存富贵字,
惊人畅茂霸王鞭。

主人含笑对我言:
此物屏山县最多。
遍岭峥嵘一壮观,

移来栽此牛角沱。

我欲举鞭鞭地主,
地还耕者得其所。
我欲举鞭鞭贪污,
展开民运作前驱。

扫荡日寇归三岛,
长使人间春不老。
江户川头看樱花,
清酒一樽同醉倒。

1943年3月20日

铭张天虚墓

西南二士，
聂耳天虚。
金碧增辉，
滇洱不孤。
义军有曲，
铁轮有书。
弦歌百代，
永示壮图。

1943年3月14日

求仁得仁者

闻云南有女医在霍乱防疫中殉职,失其姓名,赋此以歌咏之。

功名固身外,此身亦匪真。
运尽即归去,宛如行路人。
寇氛入南甸,霍乱复相循。
烈疫良可畏,敌焰猛于菌。
医药不易得,先人后此身。
懿哉求仁者,翛然得其仁。
姓氏虽不传,芬郁随南薰。
万化皆有尽,不灭爱与恩。

1943 年 3 月 12 日

黄山探梅四首

一

闻说寒梅已半开,
南山有鸟唤春回。
嘉陵江上东风早,
绿嫩红肥映碧苔。

二

燕来鸿去各天涯,
六载翱翔未有家。
偶向松林探音讯,
临流俯首看梅花。

三

繁红万点绽新枝,
纵酒高歌意欲痴。
莫漫盱衡今古事,
隔墙人唱竹枝词。

四

料峭春寒压艳妆,
轻风飘拂柳丝黄。
谁教黄犬传消息,
唤出青鬟一倚墙。

1943 年 3 月 12 日

题敦煌画展

余久梦敦煌,
今日得相见。
三百又五窟,
瞬息游览遍。
笑彼马迭斯,
蓝本学未全。
新奇矜独创,
赫赫盛名传。
嗟我后来人,
焉能不自勉?

1943年1月17日

祝新华日报五周年

其 一

气作长虹贯碧霄,
心随字水涌新潮。
徇春木铎遒人健,
颂岁辛盘汉帜高。
日月光华明旦旦,
风云变幻蔚朝朝。
民人资尔张喉舌,
万口为声声自遥。

其 二

扫荡妖氛在此年,
战虽弥苦志弥坚。
鼓鼙远震声悲壮,

炬火高撑气浩然。
为得人群谋解放,
凭将心血写明天。
如椽大笔期常健,
寿比中华岁万千。

1943年1月15日

咏王晖石棺

成都车瘦舟寄来王晖棺拓本三事,其前和有铭曰"故上计史王晖伯昭以建安十六岁在辛卯九月下旬卒。其十七年六月甲戌葬。呜呼哀哉!"一为龙形浮雕,颇生动,又一为玄武,当属后端。据云得自西康芦山县城东门外四五里许。

芦山城东四五里,
乡人发掘汉墓址。
石棺有画复有铭:
王晖伯昭上计史。
建安十六岁辛卯,
九月下旬秋已老。
翌载林钟辰甲戌,
长随落日入荒草。
双龙矫矫挟棺走,[1]
龟蛇纠缪尾与首。

---

[1] 其后得知,并非"双龙",其另一侧乃虎,即青龙白虎也。

地底潜行二千年，
忽尔飞来入我手。
诚哉艺术足千秋，
相逢幸有车瘦舟。
能起死人肉白骨，
作者之名乃未留。
曾读雅州樊敏碑[1]，
碑乃建安十年造。
石工堂堂列姓名，
姓刘名盛字息憯。
为时相隔仅七载，
况于芦山同健在。
想此当亦刘家龙，
惘然对之增感慨。
西蜀由来多名工，
芦山僻地竟尔雄。
奈何此日苍茫甚，
山川萧条人物空？

1942年12月14日

---

1 《巴县志》载巴郡太守樊敏碑文，乃题"建安十年六月上旬造，石工刘盛息憯书"。

题王晖棺玄武象

龟长于蛇古有说,
只今思之意悯然。
二物同心剧相爱,
纠缪不解二千年。
憎到极端爱到底,
总以全力相周旋。
曾见罗丹[1]接吻象,
男女相拥何缠绵!
又见米克郎杰罗[2],
壁画犹存创世篇。
视此均觉力不逮,
目目相向人神玄。
龟如泰岳镇大地,
蛇如长虹扛九天。

---

1 罗丹(Auguste Rodin, 1840—1817),近代法国名雕刻家。
2 米克郎杰罗(Buanarrat Michelangelo, 1475—1564),文艺复兴期中意大利的大雕刻家、画家、建筑家。

天地氤氲信如此,
太极图象殊可怜。
爬虫时代久寂寞,
忽见飞龙今在田。
谁氏之子象帝先,
徒劳想象空云烟。

1942 年 12 月 15 日

丹娘魂

我读丹娘传,
我礼丹娘魂。
女儿十八朝霞曛,
以身许国流芳芬。
汽油一罐丹娘血,
兽军电线一火焚。
皮鞭二百,
惨不忍闻。
木牌一个:
"游击队员"。
六尺长绳压颈,
魂飞宇宙八纮。
丹娘虽属苏联有,
丹娘之魂遍六洲。
母也丹娘,
女也丹娘,
姊也丹娘,
妹也丹娘,

万亿女性尽丹娘。
永远复永远,
丹娘复丹娘,
长使法西斯灭绝,
不敢再跳梁。

1942年12月12日

吊　友

巢覆卵无完，国破家何计？
痛哉此血仇，复之期九世。
椿萱同时摧，中馈复溘逝。
阖门成国殇，幼子方十岁。
骨肉皆分散，是否在人世？
知君恨剧深，欲哭已无泪。
举世双壁垒，轴心已摇曳。
还当奋力威，鼓舞山岳锐。
横将法西斯，一扫乾坤霁。

1942年12月9日

题峡船图

峡行如登天,
山川见奇势。
鞭石血流赤,
凿空浑沌帝。
平地卷波涛,
涤荡人间世。
吾亦气淋漓,
道已进于艺。

1942年12月9日

题画莲

亭亭玉立晓风前，
一片清芬透碧天。
尽有污泥能不染，
昂头浑欲学飞仙。

1942年9月18日

崇德小学校歌

莲花山下风光好,
熏风摇碧草。
春秋代序如海潮,
读书趁年少。
学成为国争光耀,
努力努力莫浮躁。

莲花山下好风光,
净几又明窗。
少年志趣要坚强,
学业日就将。
立身处世贵鹰扬,
努力努力莫彷徨。

1942 年 9 月 19 日

气朔篇

五十八历勤钻研,
气朔今始阳嘉年。
通躔一千五百载,
正统偏霸上下篇。
上接古史天象表,
下与郑著相蝉联[1]。
通鉴目录何足数,
详核远胜汪与钱[2]。
借问苦心著者谁?
青年学徒鲁实先。
曾驳泷川迁史注[3],
倭夷骇汗如流泉。
博览群书明缀术,

---

1 郑鹤声《近世中西史日对照表》。
2 钱大昕《四史朔闰考》及汪曰桢《历代长术辑要》。
3 日本泷川龟太郎博士著《史记会注考证》,鲁君曾为《驳议》一文,纠举其谬误。

追踪司马学通天。
景烁巧思入神化，[1]
厥美难可专于前。
方今国步遭播迁，
天南天北弥硝烟。
健儿流血数百万，
坫坛零落绝椠铅。
何期得此金玉编，
枢纽辟阖如玑璇。
天地低昂入我拳，
坐看日月双昭悬。
霁云老人遗惠绵，
天文奖金数万千。
传之副墨乐相捐，
免使洛诵右手胼。
国脉赖之得永延，
文化长城万里坚。
登此长城之高巅，
回看四海如埃涓。
蠢尔倭夷殊可怜，
瞬将狼狈作逃鹯。
煌煌华夏万古完，

---

1 景烁乃祖暅字，祖冲之之子。

终始不绝亙坤乾。
谁能使之可崩骞?
古史天象纪年表,
尤望继兹次第传,
庶几有史以来国步全。

1942年9月1日

牧童与水牛唱和
（西江月）

牧童：

我有全身蓑笠，
尔无半点披挂。
当前走石又飞沙，
赶快回家去吧。

水牛：

身上皮肤似铁，
胸中胆量无涯。
由来锻炼不争差，
哪怕风吹雨打！

1942 年 5 月 22 日

题傅抱石画八首

一 题屈原画像

屈子是吾师,惜哉憔悴死。
三户可亡秦,奈何不奋起?
吁嗟怀与襄,父子皆萎靡,
有国半华夏,荜路所经纪,
既隳前代功,终遗后人耻。
昔年在寿春,熊悍幽宫圮,
铜器八百余,无计璧与珥。
江淮富丽地,谀墓亦何侈!
无怪昏庸人,难敌暴秦诡。
生民复何辜,涂炭二千祀?
斯文遭斫丧,焚坑相表里。
向使王者明,屈子不谗毁,
致民尧舜民,仁义为范轨。
中国安有秦?遑论魏晋氏。
呜呼一人亡,暴政留污史,

既见鹿为马，常惊朱变紫，
百代悲此人，所悲亦自己。
华夏今再生，屈子芳无比，
幸已有其一，不望有二矣。

1942 年 8 月 2 日

二 中国有诗人

中国有诗人，当推屈与陶。
同遭阳九厄，刚柔异其操。
一如云中龙，夭矫游天郊。
一如九皋鹤，清唳澈晴朝。
一如万马来，堂堂江海潮。
一如微风发，离离黍麦苗。
一悲举世醉，独醒赋离骚。
一怜鲁酒薄，陶然友箪瓢。
一筑水中室，毅魄难可招。
一随化俱尽，情话说渔樵。
问余何所爱，二子皆孤标。
譬之如日月，不论鹏与雕。
旱久焦禾稼，夜长苦寂寥。
自弃固堪悲，保身未可骄。

忧先天下人，为牺何惮劳？
康济宏吾愿，巍巍大哉尧。

1942 年 8 月 2 日

三　题渊明沽酒图

苍苍古木寒，觳觫难可遮。
前村沽酒去，薄酒聊当茶。
匪我无鸣琴，弦断空咨嗟。
匪我无奇书，读之苦聱牙。
悠悠古之人，邈矣如流霞。
平生幽窅思，楮上著残花。
照灼能几时？吾生信有涯。
呼童急急行，莫怨道途赊。

1942 年 8 月 2 日

四　题《张鹤野诗画意》二首
　　（用鹤野原韵）

一

画中诗意费哦吟，
借古抒怀以鉴今。
犹有山川犹有树，
莫因零落便灰心。

二

凝将心血未成空，
画在诗中诗画中。
纵令衣冠今古异，
吾侪依旧主人翁。

1942年8月4日

五　题《与尔倾杯酒》三首
　　（用野遗原韵）

一

披图忽惊悟，仿佛钓鱼台。
古木参天立，残关倚水开。

蒙哥曾死去,张珏好归来。
战士当年血,依稀石上苔。

二
卅载撑残局,岿然有废城。
望中皆黍稷,入耳仅蝉鸣。
一寺僧如死,孤祠草自生。
中原独钓处,是否宋时营?

三
三面皆环水,双江日夜流。
当年遗恨在,今日画图收。
我亦能拼醉,奈何不解愁。
羡君凝彩笔,矫健似轻鸥。

1942年8月4日

感 怀

蓼莪篇废憾何涯，
公尔由来未顾家。
仅得斯须承菽水，
深怜万姓化虫沙。
中宵舞剑人无儿，
到处张弧鬼一车。
庙祭他年当有告，
王师终已定中华。

1942年8月1日

和亚子

以不平平平不平,
哲人伊古总无名。
誉非举世浮云耳,
劝阻无加自在情。

天真真谛原为一,
敢道中行即是狂。
今日人间成地狱,
还从地狱建天乡。

欲读南明书已久,
美人远在海之湄。
薪樵岂有伤麟意?
大道如天未可衰。

1942 年 7 月 7 日

咏月八首

一

月圆无几时,又坐看一夜。
看罢待明朝,乘风且归去。

二

深期月有音,月却终无语。
江水流滔滔,月影不随泻。

三

月出岭东头,分明向我笑。
不知笑里心,是怜还是诮?

四

中宵为月留,江畔石凝露。
谁解石心悲?眼泪无干处。

五

分明月在望,远远系天边。
欲凭青鸟翼,鸟却已安眠。

六

蝙蝠入林来,欣然为之喜。
应亦恋月华,奈何飞不起。

七

月竟为谁圆?既圆何又缺?
纵使难追攀,亘古长不没。

八

蟪蛄无春秋,月华终古在。
明月了无心,誓死仍相待。

1943 年 6 月 29 日

雨

不辞千里抱瓶来,
此日沉阴竟未开。
敢是热情惊大士,
杨枝惠洒北碚苔?

1942 年 6 月 27 日

钓鱼城怀古

魄夺蒙哥尚有城,
危崖拔地水回漾。
冉家兄弟承璘玠,
蜀郡山河壮甲兵。
卅载孤撑天一线,
千秋共仰宋三卿。
贰臣妖妇同祠宇,
遗恨分明未可平。

1942年6月3日

有　赠

人生四十始，
六十乃入冠。
余更少十年，
黄嘴犹未干。
浊世退何勇，
治学心闲闲。
上有慈母健，
下有儿舞斑。
书以陶性情，
诗以养静观。
忧先天下人，
独善良所难。
载屋在础石，
何殊高者椽？
要使世间乐，
长命方足欢。

1942 年 5 月 14 日

夜和高鲁诗二绝

一

春风送雨小窗前,
知有幽人拂素弦。
水起潜蛟飞未得,
刹那真个即千年。

二

兰芷天涯幸尚存,
美人何处可招魂?
凤凰已渺鸣鸠逝,
千古牢愁纳五言。

1942 年 5 月 7 日

听唱《湘累曲》四首

一

含杯情缱绻,灯下唱湘累。
仿佛难为别,从容善自持。

二

月眠诗一帖,壁上已纱笼。
珍重人前意,灵犀点点通。

三

弦半生离别,冰轮又转圆。
清辉无惜意,相对却天边。

四

南园曾小立,有话到洋槐。
久矣花时过,犹言花待开。

1942 年 5 月 5 日

赠朴园

一成一旅能兴夏,
此日谁嗟蜀道难?
况复中原文物尽,
仅留福地在人间。

1942 年 5 月 1 日

和黄任老观《屈原》演出二首

一

两千年矣洞庭秋,
疾恶由来贵若仇。
无那春风无识别,
室盈赟菉器盈莸。

二

寂寞谁知弦外音?
沧浪泽畔有行吟。
千秋清议难凭借,
瞑目悠悠天地心。

1942年4月11日

赴璧山途中再和黄任老观《屈原》演出韵二首

一

呵天有问不悲秋，
众醉何心载手仇？
荃蕙纵教能化艾，
莸经万古仍为莸。

二

晨郊盈耳溢清音，
经雨乾坤万籁吟。
始识孤臣何所借，
卅年慰得寂寥心。

1942 年 4 月 26 日

三和黄任老观《屈原》演出后

黄任老《观〈屈原〉演出后》二绝,前已叠和;今自湄潭来归,复有新作见赠,因再和之。

其棘谁抽楚楚赍?
生民涂炭国阽危。
登天抚彗难舒愤,
御气乘雷纵有时。
宁赴常流终不悔,
卒成雄鬼亦堪奇。
亡秦三户因何致?
日月江河一卷诗。

1942 年 4 月 29 日

平生多负气二首

有女子名李绍朴,自称西康人,以诗二首见赠。其一云:"诗名非浪得,凤愿遂瞻韩。北伐功勋在,东归气度难。文章尊秉笔,朝野庆弹冠。我愧吟哦久,无由侍杏坛。"又其一云:"神州伤破碎,慷慨记新词。弃妇情非薄,抛雏割爱奇。登龙齐仰首,附骥肯低眉?莫讶黄崇嘏[1],深惭是女儿。"自注"四月廿七日八时,倥偬中"。倥偬中能成此,殊不易得,因而和之。

一

平生多负气,志学藐苏韩。
砥柱中流急,梯航蜀道难。

---

[1] 黄崇嘏乃前蜀临邛女子,幼失父母,与老妪同居,为男子装。因失火下狱,献诗蜀相周庠。庠重其才,释之,荐摄府司户参军。庠欲妻以女。崇嘏献诗云:"幕府若容为坦腹,愿天速变化男儿。"事乃止。后隐去,不知其所终。

呵天悲棘楚,涂炭坐衣冠。
烽火连天碧,苍茫旧筑坛。

二

比来如出世,兀地接新词。
娓娓疑珠润,清新似梦奇。
捷才追蔡谢,枵腹愧须眉。
能亦无惊叹?参军是女儿。

1942年4月27日

题吴碧柳手稿

廿年前眼泪,
今日尚新鲜。
明月楼何在?
婉容词有笺。
灿然遗手稿,
凄切拂心弦。
幸有侯芭在,
玄文次第传。

1942年4月23日

和无名氏观《屈原》演出后二首

一

卜居无计问苍天,
树蕙滋兰为美茎。
一命纵教逾九死,
寸心终古月娟娟。

二

文章百代日经天,
誓把忠贞取次传。
一曲礼魂新谱出,
春兰秋菊唱年年。

1942 年 4 月 18 日

赠《屈原》表演者十六首

《屈原》演出中,演员同志们嘱题诗以为纪念,因各赠一绝。

金山饰屈原

橘颂清辞费剪裁,
满腔热力叱风雷。
苍茫被发行吟处,
浑似三闾转世来。

张瑞芳饰婵娟

凭空降谪一婵娟,
笑貌声容栩栩传。
赢得万千儿女泪,
如君合在月中眠。

白杨饰南后（二首）

一

南后聪明绝等伦，
谅曾误用陷灵均。
不然龟策何须问：
巧笑行将事妇人？

二

南后可憎君可爱，
爱憎今日实难分。
浑忘物我成神化，
愈是难分愈爱君。

顾而已饰楚王

旷代庸人数此王，
受绐一再太荒唐！
招魂无计成哀郢，
坐令嬴秦混八方。

施超饰上官大夫

文章无价焉能假？
千古谗人数上官。
纵得化身心不易，
知君此役最艰难。

孙坚白饰宋玉

宋玉悲秋情调哀，
人生一憾是多才。
奈何风色分王庶？
长恶谀辞自此开。

饰公子子兰者

子兰跛脚良由我，
台上传神实赖君。
寄语陪都纨绔子，
应知千古有莸薰。

饰令尹子椒者

子椒专佞事难详,
老朽视之谅不妨。
自古昏庸多误国,
论愆宁亚丧心狂。

饰郑詹尹者

詹尹原无不善名,
甗瓵一现作牺牲。
惟思官职为司卜,
卜筮欺人不用争。

饰张仪者

张仪当日亦人豪,
一策连横口舌劳。
辅得嬴秦成帝业,
不同霸道只滔滔。

饰钓者者[*]

深谙艺术即良心，
况与诗词协瑟琴。
舞罢九歌成钓者，
醉人满目一知音。

饰渔父者

泽畔行吟无限愁，
沧浪一叟似庄周。
濯缨濯足良由己，
万古长分清浊流。

饰更夫者

击柝由来不值钱，
深欣得替女婵娟。
奈何卫士荒伦甚，
不作商量在事先。

---

[*] 同时饰《九歌》中的河伯。

饰招魂老人者

幻出招魂一老翁,
楚些原本是巫风。
误将荃蕙伦茅茨,
盲目舆情万古同。

饰仆夫者 *

离骚中见仆夫悲,
惜尔声闻不可知。
护得诗人天北去,
不教鸾凤陷鸡埘。

1942 年 4 月 16 日

---

* 同时饰卫士。

和李仙根观《屈原》演出一首

寂寞千年事，
斯人未易方。
风雷任先马，
狂狷掩中行。
举目人皆醉，
捶心天亦伤。
愁闻啼鴂遍，
百草失芬芳。

1942 年 4 月 13 日

偶 成

五年戎马亦恓惶,
秋菊春荼取次尝。
泽畔吟余星殒雨,
夷门人去剑横霜。
柔荑已折传香海,
兰佩空捐忆沅湘。
屹立嶙峋南岸塔,
月中孤影破苍茫。

1942年4月1日

无　题

两间一卒莫彷徨，
坛坫而今赤帜张。
峡水倒流真力满，
翻天覆地事寻常。

1942 年 3 月 17 日

倔强赞

守正不阿,
是谓倔强。
初必勉强而行之,
继则习惯以为常。
卷之殊不容于一握,
放之却弥塞乎八荒。
有偏有党,
不大至刚。

1942 年 2 月 15 日

题画翎毛花卉三首

一

天寒群鸟不闻喧,
暂倩梅花伴睡眠。
自有惊雷藏宇内,
还从渊默见机先。

二

普天皆冰雪,
依旧要开花。
花开能几时?
转瞬逐风沙。
但图能快意,
自我为荣华。
刹那即悠久,
悠久亦刹那。

三

月季何娟娟,
碧桃殊绰约。
纵无知音赏,
双栖有黄雀。
黄雀长相伴,
花开永不落。
任他寒暑易,
两情相照灼。

1942年1月24日

赠潘梓年

寒潭寂寂绝声哗,
树树黄梅正发花。
曰艾早君双阅月,
如松献颂两杯茶。
提高党性遵逻辑,
写好文章是作家。
但愿笔随人共健,
年年今日庆新华。

1941年12月17日

题傅抱石画山水小幅

天下山水在蜀中,
渔洋此语非托空。
抱石入蜀画风改,
青城峨眉到笔锋。
师法自然创奇格,
好在新旧能兼融。
此幅虽小有远致,
山岩突兀挺苍松。
艳说须弥寓芥子,
会看破壁起飞龙。

和鸳湖老人*二首

一

文章中古重韩欧，
今日龙光集海楼。
百禄咸宜春永在，
八千岁后始为秋。

二

郁郁深松蓊蓊藤，
双双拔地荫曾曾。
嘤嘤百鸟相鸣和，
恬淡无心恰似僧。

1941 年 12 月 5 日

---

* 鸳湖老人乃沈衡山先生之兄。

用原韵却酬柳亚子

千百宾朋笑语哗,
柳州为我笔生花。
诗魂诗骨皆如玉,
天北天南共饮茶。
金石何缘能寿世?
文章自恨未成家。
只余耿耿精诚在,
一瓣心香敬国华。

1941 年 11 月 24 日

步原韵却酬沈尹默

久不见君子，
茅心愈重听。
携儿过歌乐[1]，
握手接仪型。
法网经年密，
清谈片刻醒。
山头松柏翠，
未逮眼中青。

1941 年 11 月 19 日

---

1 歌乐山在重庆西郊。

浓雾垂天
——贺友人结婚

浓雾垂天帐白纱,
嘉陵江水色如荼。
九霄不用惊猿鸳,
双宿今看耀彩霞。
五载同仇期报国,
一朝陷阵可离家。
明年重届登高日,
会看茱萸插嫩芽。

1941年10月24日（先旧历重九三日）

贺十月革命二十四周年

爱国战中迎节日,
前人缔造感弥艰。
光辉十月人增勇,
抗战连年敌尚顽。
雷电万钧期荡扫,
晦明无已共联欢。
风声逖听传新捷,
胜利旌旗插两间。

1941 年 10 月 16 日。

题天溟山水遗墨

木石区区未可评,
但求自遣不求名。
高怀邈邈谁踪迹?
遗墨萧疏气韵清。

1941 年 10 月 2 日

文化工作委员会成立一周年[*]

一年容易过，
坐老金刚坡。
风雨鸡鸣意，
相期永不磨。

1941 年 9 月 30 日

---

[*] 抗日战争初期，国民党恢复总政治部，曾集中左翼文化人成立第三厅，从事宣传。1940 年 9 月 30 日使左翼人员全部解职，组织文工会以事羁縻。乡下办公地点，地名金刚坡，在重庆城西约四十公里处。

"九一八"十周年书感

十年生聚，十年教训，
越以沼吴。五年计划，
两度完成，苏以抗德。

辽沈沦陷，十载于兹。
平津沦陷，五载有余。
如水益深，如火益热。

国人沉鼾，不知启发。
来日大难，未始有极。
如此百年，将何所获？

人十己千，人一己百。
立人达人，自立自达。
翘首北方，奋飞不得。

1941 年 9 月 18 日

抗日书怀四首

一

十年国础夕朝摧,
早料倭奴卷海来。
建筑长城需血肉,
充盈府库费镰槌。
红羊劫近槐枪乱,
白鹿洞边鹅鹳开。
辽沈烽烟连冀北,
动心忍性几多回。

二

七七卢沟卷大波,
关头最后剑新磨。
休将委曲重相问,

除却惩膺更有何？
气作银虹穿白日，
人擐金甲护黄河。
今朝毕见雄狮醒，
举国高扬抗战歌。

三

四亿人群气度雄，
族于尽孝国于忠。
赴汤蹈火寻常事，
拨乱扶危旷代功。
泪血洒湔天日白，
肺肝涂染大江红。
纤筹自古哀兵胜，
扫荡妖氛仗烈风。

四

邦本为民未可忘，
所争不尽在沙场。
万方黎庶人安业，

四海青衿学有堂。
要使匹夫知顺逆,
能同蒙叟等彭殇。
军前胜利方能保,
伫看旌旗渡大洋。

1941 年 9 月 12 日

鸡公是号兵
（儿歌）

鸡公是号兵，
清早就吹号。
大家快醒来，
太阳出土了。

鸡公是号兵，
中午又吹号。
大家快鼓劲，
太阳当顶了。

鸡公是号兵，
吹号吹得勤。
不管风和雨，
不怕热和冷。

1941年9月1日

回报马叔平用原韵

江南邮得尺书来，
捧读新诗笑欲堆。
凤骞鸾翔交碧树，
渊渟岳峙酌金罍。
茫茫尘劫余知己，
落落乾坤一散才。
五十无闻殊可畏，
但欣茅塞顿为开。

1941 年 8 月 28 日

寄赠南洋吉打筹赈会

神州此日足风波,
半壁河山委寇倭。
输助频劳今卜式,
运筹谁是汉萧何?
天边云雁南飞远,
域内哀鸿北向多。
努力共期回国步,
他年握手纵高歌。

1941年8月26日

轰炸后

黄昏将近的时分,
从墓坑中复活了转来,
怀着新生的喜悦。

成了半裸体的楼房,
四壁都剥去了粉衣,
还在喘息未定。

人们忙碌着在收拾废墟,
大家都没有怨言,
大家又超过了一条死线。

——回来了吗?
一位在废墟中忙碌着的中年男子
远远招呼着赶回家的女人。

——窝窝都遭（阴平）了，怎么办？[1]

——窝窝都遭了吗？

女人平静地回问着。

这超越一切的深沉的镇定哟！

人民是不可战胜的！

生命是不可战胜的！

1941 年 8 月 21 日

---

[1] 这句四川话是说"家遭了炸毁"。

燕老鼠*
（儿歌）

燕老鼠，夜夜来，
像只飞机飞得快。
落下伞，随身带，
不怕高射炮，
轰也轰不坏。
飞来飞去多自在。

1941年8月17日

---

* 四川呼蝙蝠为燕老鼠。

燕老鼠的抗议

燕老鼠不是卑劣的骑墙派,
伊索普斯先生的弟子们呀[1],
请你们把你们的观念修改!

燕老鼠是英勇的空军部队,
我们惯在黄昏时进行空袭,
扫荡那些吸血成性的妖怪!

燕老鼠是赍送幸福的使徒,
我们喜欢反侵略的中国人,
他们知道我们是象征着"福"!

1941 年 8 月 21 日

---

[1] 伊索普斯即《伊索寓言》的作者。

天鹅蛋

青青巨卵号天鹅[1],
一蕾晨兴奏凯歌。
廿六瓣开银唢呐,
万千针刺碧波罗。
憾无彩笔留真影,
徒对阳乌感逝波。
待得花开花又谢,
一年真个一刹那。

1941 年 7 月 21 日

---

1 天鹅蛋,一名仙人球,乃仙人掌之一属。

纪念日本人反战同盟一周年

英雄肝胆佛心肠，
铁血余生几战场。
革命精神昭日月，
和平事业奠金刚。[1]
风声飒飒流松籁，
鸟语嘤嘤庆草堂。
同是东方好儿女，
乾坤扭转共担当。

1941 年 7 月 20 日

---

[1] 日本人反战同盟为鹿地亘氏所主持，本部设在重庆金刚坡下。

秋　风

秋风何太早，
寒意透窗纱。
子女中宵病，
欃枪天外斜。
心忧凝似蜡，
世味瘠于砂。
满地干戈日，
未应梦虺蛇。

1941 年 7 月 18 日

赠谢冰心

怪道新词少,
病依江上楼。
碧帘锁烟霭,
红烛映清流。
婉婉唱随乐,
殷殷家国忧。
微怜松石瘦,
贞静立山头。

1941 年 7 月 16 日

和老舍原韵并赠三首

一

江边微石剧堪怜，
受尽瑳磨不计年。
凝静无心随浊浪，
漂浮底事问行船。
内充真体圆融甚，
外发英华色泽鲜。
出水便嫌遗润朗，
方知笼竹实宜烟。

二

蜀道诗人多自东，
君今随国入渝中。
草堂不独传臣甫，

玄阁徒危憾尔雄。
奇语惊人拼万死,
高歌吐气作长虹。
文章自有千秋在,
明月山间江上风。

三

未有诗人不太痴,
不痴何独苦为诗?
千行难换粮千粒,
一世终无宿一枝。
意入天边云树远,
名书水上月华迟。
醍醐妙味谁能识?
端在吟成放笔时。

1941 年 7 月 16 日

登尔雅台怀人[*]

依旧危台压紫云,
青衣江上水殷殷。
归来我独怀三楚,
叱咤谁当冠九军?
龙战玄黄淋野血,
鸡鸣风雨际天闻。
会师鸭绿期何日,
翘首嵩高苦忆君。

1939 年

---

* 尔雅台在乐山县乌尤山上,相传为汉郭舍人注《尔雅》处。此诗乃寄怀朱德同志,1938 年武汉撤退前,朱德同志在武汉曾以诗见赠。诗云:"别后十有一年,大革命失败,东江握别。抗日战酣,又在汉皋重见。你自敌国归来,敌情详细贡献;我自敌后归来,胜利也说不完,敌深入我腹地,我还须支持华北抗战,并须收复中原;你去支持南天。重逢又别,相见——必期在鸭绿江边。"

和沈衡老
——衡老梦为营长,以诗见示,踵韵和之。

奇哉营长梦,
磊落古人风。
一意通潜识,
众心望反攻。
釜鬵谁与溉?
仇泽我从同。
不听鸡鸣久,
鹓雏却满笼。

1941 年 5 月 21 日

为陈望道题画

殊亲巴俗不相违，
谁道吴侬但忆归？[1]
自有文翁兴石室，
频传扬马秉杼机。
温泉峡底弦歌乐，
黄桷树头星月辉。[2]
渝酒无输於越酿，[3]
杜鹃休向此间飞。

1941 年 5 月 17 日

---

1 黄山谷有诗云："巴俗殊亲我，吴侬但忆归。"
2 时复旦大学在嘉陵江北岸，地名黄桷枒，与温泉峡相邻。
3 "於越"可连读，古时越国称於越。

题苏联妇女生活展

三十年前的今天正闹辛亥革命，
在今天看到了苏联妇女的写真。
这是妇女生活的标准，
这是人类解放的先声。
要得健全幸福的人类，
须得有健全幸福的母亲。

三十年前的今天正闹辛亥革命，
今天是半壁江山沦陷，倭寇横行。
但我们一点也不灰心，
我们有广大的群众，亲密的友人。
苏联的胜利就是我们的胜利，
我们的眼前不是秋高风定，天朗气清？

1941 年 5 月 10 日

苏联友人歌

在战壕里披戴着皎洁的月光，
我们关怀着亲爱的苏联友邦。
为祖国，为人类，为正义，为解放，
我们始终是站立在一条线上。
你们是西线铁壁，我们是东线铜墙。
你们的歌声像金笛一般嘹亮。
胜利终竟是属于我们的，
我们要消灭法西斯蒂的疯狂！

苏联的战友们，你们英勇坚强，
从北冰洋的岸边到黑海波上，
使那条响尾蛇快要不敢再响。
你们的英勇更鼓舞了我们的力量，
我们要驱除尽这东方的嗜血豺狼！
我们的歌声要远远飞过新疆，

胜利终竟是属于我们的,
我们要建筑成人间世的天堂。

1941 年 5 月 4 日

传湘北大捷

湘北羽书至,
长沙捷报传。
秋收俘满载,
月照血盈川。
敌败缘轻敌,
钱多请出钱。
慰劳前线去,
莫使不衣棉。

1941年5月4日

百蝶图四首

一

百日绣成百蝶图,
看来真个费工夫。
美中极致浑忘我,
欲问庄生醒也无?

二

春来百草竞芬芳,
嫩紫娇红各擅场。
凝静偏怜生动少,
当推蛱蝶作花王。

三

粉妆浓艳舞风前,
体态轻盈胜羽仙。
知是嫦娥真粉本,
鸣禽虽好未翩跹。

四

刹那春梦卷云霞,
直把衡门作帝家。
一片玲珑新境地,
万丝千缕系芳华。

1941 年 5 月 2 日

奔 涛

含怒奔涛卷地来,
排山撼岳走惊雷。
大鹏击海培风起,
万马腾空逐浪推。
载覆民情同此慨,
兴衰国运思雄才。
为鱼在昔微神禹,
既倒终当要挽回。

1941年5月1日

题《画云台山记图卷》

傅抱石成《中国古代山水画史》，以解释顾恺之《画云台山记》为中心，并附以图卷；索题，因成四绝。

一

画记空存未有图，
自来脱错费耙梳。
笑他伊势徒夸负，
无视乃因视力无。[1]

二

乱点篇章逞霸才，
沐猴冠戴傲蓬莱。

---

[1]《画云台山记》有记无图，为文凡562字，多夺误，难解。日本人伊势专一郎曾解此图记，自云"无视任何人著作，绝不倚傍"。

糊涂一塌再三塌,
谁把群言独扫来?[1]

三

识得赵昇启键关,
天师弟子两班班。
云台山壑罗胸底,
突破鸿濛现大观。[2]

四

画史新图此擅场,
前驱不独数宗王。
滥觞汉魏流东晋,
一片汪洋达盛唐。[3]

1941 年 4 月 27 日

---

[1] 内藤虎博士题伊势书四绝之一有句云:"谁知三百余年后,一扫群言独数君?"然伊势于原文实未能点断句读。
[2] 记中有"赵昇"一名误为"超昇",遂失其解,业经抱石揭发。
[3] 山水画旧谓始于唐,近人或主张当导源于刘宋时代之宗炳与王微。读抱石《画史》及此图卷,知其源更远矣。

华禽吟

华禽思振翮,
乳虎力攀追。
丛中跃起拥禽尾,
翎落如花萎。

华禽俯首生怜爱,
奈何虎重不能载?
乳虎堕入草丛中,
禽已高飞在天外。

从此虎心悲,
丛中长殒泪。
残翎几片抱在怀,
寸寸肝肠碎。

1941年4月20日

百虎图

卅年四月十七午,
有客来访天官府。
衣敝履穿一青年,
图成一百有八虎。
于时我正卧病中,
展图入室快观睹:
果然长卷十丈余,
貙貐历历具可数。
或黄或白或胭脂,
或老或壮或方乳。
或坐或卧或奔奏,
或偶或独或聚处。
或接肿臂而摩挲,
或登崖木而仰俯。
或张其爪露其牙,
或息于陂饮于渚。
母者衔幼渡溪流,
幼者交争媚其母。

怠者裂吻而欠伸,
戏者噬尾如含怒。
穷形极态兴颇酣,
画虽稚弱志可取。
观罢离榻感奋兴,
吾病霍然忘所苦。
问客画此已多时?
自云恰过三寒暑。
留客共饭话生平,
彼此忘形到尔汝。
客言家住在黄丹,
乃是川南一僻圩。
君家我家距匪遥,
大渡河边百里许。
家中有母六旬余,
善画能书传自祖。
自幼即师母所为,
草木虫鱼作伴侣。
十三负笈下嘉州,
联中先后共风雨。
贪多骛博骋才华,
颇以文章傲同伍。
十六北上锦官城,
始知画道不可侮。

粗学皮毛何足矜？
趋步张师善子甫。
十九航海赴东瀛，
曾向渡边学翎羽。
雅爱樱花孔雀图，
兽园虎豹狮子舞。
中因母病赋归来，
俄而抗战振鼙鼓。
苏子楼头秋色殷，
丹青四月镂肝腑。
画成博得人品题，
见者交称神栩栩。
迩来技已进于斯，
此图犹并脱规枑。
法摄中西衷旧新，
毛是善子色剑父。
冠戴依稀笑沐猴，
喉舌模糊耻鹦鹉。
丈夫有志在四方，
还当独力出机杼。
将军曹霸已无人，
弟子韩幹短资斧。
同学少年多不竞，
不为吏胥便营贾。

冠盖如云权贵家,
艺独不为人所与。
今来渝城执教鞭,
所入难可供缟楮。
鹈鴂先鸣可奈何?
恐将长此终朽腐。
闻客诉罢费盱衡,
慨喟徒深憾无补。
自来艺以穷而工,
中外名家多病窭。
我为文章君作画,
我今五十君廿五。
春秋正富大可为,
莫因道塞而窘武。
大渡河中千里波,
峨眉山上万株树。
穷居何损行何加?
要使江山长有主。
荃蕙化茅事可悲,
菉薋盈室说难户。
有志竟成当悱愤,
后无来者前无古。

1941年4月17日

感时四首

一

大好河山几劫尘,
干戈又渡一年春。
嘉陵三月炎如暑,
巫峡千寻障此民。
工部草堂空有草,
武侯神庙久无神。
自从铁骑沉冤狱,
满望东间斲足人。

二

趋步墨希大有人,
集中囹圄正频频。
每当午夜闻悲哭,

直达天阍诉惨辛。
党锢重翻东汉史,
长城自坏宋家春。
青青学子千余泪,
洒向江头似钓纶。

三

龙战玄黄历有年,
望诸罢后尚思燕。
匪缘鸟尽兔烹早,
但见鸡鸣狗盗先。
白帝城边星殒雨,
黄金台畔草含烟。
苍茫北望依南斗,
大火流天色正鲜。

四

万汇生存一竞争,
战时踪迹等飘萍。
愧无金版陈韬略,

欲挽银河洗甲兵。
狼火满山烧土赤,
鸡声四野叫天明。
谁将民意为炉炭?
铁血终当铸太平!

1941年4月7日

题李可染画二首

一 题水牛图

落拓悠闲感,
泱泱大国风。
农功参化育,
气宇混鸿蒙。
知足神无馁,
力充度自雄。
稻粱麦黍稷,
尽在一身中。

1941 年 4 月 5 日

二 题峡里行舟图

峡底船如陆上行,

奇峰迫岸竞峥嵘。
山川到此增颜色，
蜀道由来不太平。
满望烽烟涤赤县，
谁为霖雨润苍生？
西巡古有唐天子，
翘首元戎复两京。

1941年4月5日

满天星
（儿歌）

青石板，板石青，
青石板上钉铜钉。
你说这是什么子？
我说这是满天星。

满天星，星满天，
天河流在天中间。
东有牛郎西织女，
隔河相对泪涓涓。

泪涓涓，涓涓泪，
安得有桥桥上会？
口衔桂枝赴银河，
飞来鸦鹊满天飞。

满天飞，鸦鹊叫，
天河上面搭了桥。

牛郎织女会桥头,
天下女儿争乞巧。

争乞巧,巧乞争,
星光之下竞穿针。
针眼太小线太粗,
穿来穿去天快明。

天快明,鸡公叫,
天河水涨桥翻掉。
牛郎织女早淹死,
星座隔河守到老。

1941年4月4日

鞭石谣

秦皇筑石桥,
过海观日出。
时乃有神人,
驱石苦不疾。
以鞭鞭石脊,
血流至今赤。
为此奇说者,
深知民苦役。
石犹有血流,
黎民应化腊。
神人遍天下,
威武逾于昔。

1941年3月22日

建设行

万丈高楼平地起，
建筑之道贵基底。
基底不固何能为？
徒是空中楼阁耳！

粪土之墙不可圬，
朽木虽雕亦可鄙。
前于后喁齐唱和，
既求其坚更求美。

莫谓旧贯长可仍，
日新又新方足喜。
造成广厦千万间，
高而不危大不侈。

今日人民望建设，
抗敌同时固国址。

建国建屋理无殊,
人生建设亦如此。

1941年3月15日

送田寿昌赴桂林

南山昨日事春游,
并辔江边君兴遒。
伏枥何能终老此?
长风万里送骅骝。

1941 年 3 月 6 日

闻新四军事件书愤二首

一

危局纵教如累卵,
还须群力共撑支。
王尊且勉叱驱志,
郭太难忘党锢悲。
风雨今宵添热泪,
山川何日得清时?
怅望江南余隐痛,
为谁三复豆萁诗?

二

怒问苍苍果胡然?
莫须有狱出连绵!
伤心已见兰成艾,

谗口竟教矩化圆。
已兆分崩同往日，
侈言胜利在今年。
谁欺？只自欺天耳！
那有篷篠真个妍？

1941 年 1 月

题慰劳前线书

气作银虹万丈长，
竟将慰问寄前方。
同心指日期无敌，
莫道人情纸半张。

1940 年 10 月 19 日

解佩令
（贺友人结婚）

玄驹随磨，
黄鹂辞树，
幸双双比并成连理。
国战方酣，
看此夕月光如水，
尚飘香，小庭桂蕊。

暂忘塞北，
不梦江南，
听巴歌此间最美。
柿子殷红，
摘两个并成心字，
代名儿唤声你你。

1940 年 10 月 9 日

题饮马长城图

风尘顽洞,
草木玄黄。
三年血战,
十月繁霜。
誓收沦陷,
力挽危亡。
长城在望,
万马腾骧。

1940 年 9 月 19 日

读方志敏自传
（次叶剑英韵）

千秋青史永留红，
百代难忘正学功。
纵使血痕终化碧，
弋阳依旧万株枫。

1940 年 9 月 19 日

鹧鸪天四首
　　——吊杨二妹

一

白色蔷薇蠹在心，
一朝萎谢泣秋禽。
雁来北国愁侵梦，
月照南楼泪满襟。

空寂寂，影沉沉，
凄迷夜雾锁遥岑。
明年纵见春风返，
旧蕊枝头不可寻。

二

谪处东夷等半生，

去时小妹尚龆龄。
大雷岸上音书少,
江户川头悱愤萦。

空磊落,苦伶仃,
卢沟晓月弹声惊。
欣将残骨埋诸夏,
别妇抛雏入阵营。

三

烽燧连天返蜀山,
卅年契阔幸生还。
海棠香国重相见,
竟把荆枝当客看。

思往昔,庆团圆。
杯中有泪眼中酸。
当年戏共弹蚕豆,
犹忆八哥最善弹。

四

乐极生悲语不虚,
无何陟岵动哀呼。
于今又见令晖逝,
晚景何堪九姊姑!

肝如割,眼成湖,
天原梦梦诉何须?
伤心一语今成谶,
曾道重逢后恐无。

1940 年 9 月 4 日

挽张曙诗两首

一

宗邦离浩劫,举世赋同仇。
报国原初志,捐躯何所尤?
九歌传四海,一死足千秋。
冷水亭边路,榕城胜迹留。

二

成仁丈夫志,弱女竟同归。
圣战劳歌颂,中兴费鼓吹。
身随烟共灭,曲与日争辉。
薄海洪波作,倭奴其式微。

1940年9月1日

望海潮
（挽张曙）

武昌先失，
岳阳继陷，
长沙顿觉孤悬。
树影疑戎，
风声化狄，
楚人一炬烧天，
狼狈绝言筌。
叹屈祠成砾，
贾宅生烟，
活受阇维，
负伤兵士剧堪怜。

中宵殿待辎辒，
苦饥肠辘转，
难可熬煎。
白粥半锅，
红姜一片，

分吞聊止馋涎。
南下复流连，
痛几番狂炸，
夺我高贤。
且听洪波一曲[1]，
抗战唱连年。

1940 年 8 月 29 日

1《洪波曲》，由张曙谱曲。

夜会散后

银烛烧渐短,
残灯明欲灭。
开帘见天星,
含笑悄相悦。
万籁了无声,
不闻秋虫唧。
凉风侵客肌,
迥念阵前铁。

1940年8月28日

水调歌头
（赠广东艺人）

圣战历三载，
寇已陷泥潭。
愈拖愈入深处，
灭顶及其颔。
薄海同仇敌忾，
请看红旗到处，
誓把倭虏戡。
百万健儿壮，
渝血战方酣。

今优孟，
新技艺，
在天南。
超群筋力，
宣慰工作一肩担。
海外征糈千户，
国内劳戎万里，

吐气似虹岚。
兴亡匹夫责,
岭外一奇男。

1940 年 8 月 26 日

司徒慧敏导演《白云故乡》题赠

人生苦短艺苦长,
怅望云间有故乡。
邀得姮娥来影里,
轻盈一曲舞霓裳。

1940 年 8 月 5 日

和朱总司令韵四首

一

烽连楚尾并吴头,
满目哀鸿泪未收。
舌底蜜流胸底剑,
依然肝胆视如仇。

二

权将旧事说从头,
北伐当年骨待收。
十载自屠犹不悔,
招来鱼烂快雠仇。

三

无敌将军出阵头,
油然四国兆丰收。
健儿八路轻生死,
不报私仇报国仇。

四

心悬黑水白山头,
不净寇氛剑不收。
磊落光明权委曲,
但期率土快同仇。

1940 年 7 月 15 日

汉　相

汉相风高百世师，
广忠能集众人思。
锦官城外森森处，
趋步无闻空有祠。

1940 年

喜 雨

传闻春旱苦川南,
菽麦枯存十二三。
檐外终宵声淅沥,
方知霖味果然甘。

1940 年

题路工图

谁谓劳工神圣乎?
胡为聚食在途中?
土铏羹饭聊果腹,
科头赤足寠且穷。
手持烟管对坐者,
语虽渊默意可通。
"莫言田地走不动,
田地有翼如飞龙。
一夕可飞三万里,
今日河西明日东。
河东河东有富翁,
财力雄厚逾石崇。
普天之下皆其土,
率土之滨皆其农。
农则农耳足辛苦,
换个锄头又是工。
时时被征筑公路,
路成公乎?何曾公!

汽车远自海外来，
星驰电击声隆隆。
奇臭涨天尘沸地，
乘者如在广寒宫。
欲得公路名符实，
还须我辈脱牢笼。
富翁一样执执锄，
我辈一样兜兜风。"

1940 年

游北碚

廿六年前事，
轻舟此地过。
微闻有温瀑，
未得入烟萝，
半世劳尘想，
今宵发浩歌。
感君慷慨意，
起舞影傞傞。

1939 年 10 月

石 池

怡园有石池,池渴无滴水。
忽尔敌机来,投弹石为碎。

主人寘夷之,石面任颠倒。
未几石隙中,迸出青青草。

从知敌所毁,乃是生之障。
嚚顽遭破碎,生机自能畅。

百年成半废,头上三座山。
会当大爆裂,一旦使之完。

1939年10月15日

题花卉画二首

一 题海棠与紫白丁香

香艳却端庄,
蝶蜂莫漫狂。
成蹊非所羡,
风韵费平章。

二 题野菊与茄花

不入骚人苑,
难经粲者攀。
劳谦恋农圃,
平实溢和颜。

1939 年 9 月 23 日

登乌尤山[*]
（用寺字韵[1]）

雨余独上乌尤寺，
遍山尽见赵熙[2]字。
凤苟如鸡麟如羊，
毛角寻常何足异？
树间隐隐见来岷，
水光山色香闾闾。
李冰功业逾海通[3]，
竟使濛水为之驯，
尔来已越二千载，
堆趺犹有凿痕在，

---

[*] 乌尤山在乐山县城外，其上有乌尤寺，有汉代犍为郭舍人注《尔雅》台。
[1] 当年重庆诗人盛行用寺字韵，叠相倡和，成为风气。余亦偶为之，今仅存此一首。
[2] 赵熙，乃四川荣县人，清末翰林，善书，抗战中逝世。
[3] 李冰，秦时蜀郡太守，传说他"凿离堆以御濛水之患"。濛水，即今之铜河，嘉定位于铜河与岷江合流处。铜河古名沫水，雅河古名若水。海通乃唐代僧人，凌云山大石佛为其所凿。

江流万古泣鬼工,
鞭挞鼋鼍入沧海。
汉代子云与长卿,
谅曾骨折并心惊,
只今尔雅高台古,
无人能道舍人名。

1939年9月

别季弟

少时忧戚最相关，
卅载暌违幸活还。
二老俱归同抱恨，
四郊多垒敢偷闲？
飘摇日夕惊风雨，
破碎乾坤剩蜀山。
自分已将身许国，
各倾余力学双班。

1939年9月

晨浴北碚温泉

峡气朝凝爽,
山泉新发醅。
洋洋融暖玉,
浩浩走惊雷。
岸岭窥轩立,
篠舸逐浪回。
浴余尘念净,
即此胜如来。

1939 年 9 月

喜雨书怀

铄石流金不可当,
崇朝沛雨顿清凉。
震来虩虩声如炸,
屋漏涔涔意转康。
自分才疏甘瓠落,
非缘鸟尽见弓藏。
后雕有待期松柏,
遥望桑干举一觞。

1939年6月24日

题竹扇

质本岁寒友,
羞为炎热姿。
凉风生旦暮,
投置分之宜。

1939 年 6 月 20 日

有　感

比来人怕夕阳殷，
月黑仍令梦不闲。
探照横空灯影乱，
烧夷遍地弹痕斑。
相煎萁豆何犹急？
已化沙虫敢后艰？
朔郡健儿身手好，
驱车我欲出潼关。

1939 年 6 月 19 日

惨目吟

五三、五四大轰炸，死者累累。书所见如此，以志不忘。

五三与五四，
寇机连日来。
渝城遭惨炸，
死者如山堆。
中见一尸骸，
一母与二孩。
一儿横腹下，
一儿抱在怀。
骨肉成焦炭，
凝结难分开。
呜呼慈母心，
万古不能灰！

1939 年 5 月 12 日

铭 刀

刀征壮士魂,
铁见丈夫节。
蘸血叱龙蛇,
草檄何须笔?

1939 年 5 月

舟游阳朔二首

一

临流扣楫且高歌,
拔地群山奈尔何?
白马嘶风奔碧落,
青螺负雨压长河。
茅台斗酒奚辞醉?
宣室丛谈不厌多。
暂把烽烟遗物外,
此游我足傲东坡。

二

盈盈漓水碧罗纨,
万转千回尽异观。
岸上青螺雕不就,

崖头白马画应难。
停舟饱食江鱼美,
试弹惊看泽鸟寒。
对酒当歌慷以慨,
一篝渔火夜方阑。

1938 年 12 月

登南岳

中原龙战血玄黄，
必胜必成恃自强。
暂把豪情寄山水，
权将余力写肝肠。
云横万里长缨展，
日照千峰铁骑骧。
犹有邺侯遗迹在，
寇平重上读书堂。

1938年11月末

在南岳避空袭寄怀立群桂林十首

一

荔支湾上来,幸得一双鲤。
剖鱼得素书,但悲鱼已死。

二

花朵插君胸,花粉染君衣。
花朵虽凋谢,花粉永不离。

三

托魄幽崖隈,芳心逐岁开。
闻风谁共悦,相伴有苍苔。

四

凤眼明贞肃,深衣色尚蓝。
人前恒默默,含意若深潭。

五

前线归来早,清晨入我斋。
劈头相告慰,未得成炮灰。

六

学书腕力强,楷法甚堂堂。
彻底临《家庙》,崇朝胜过郎。

七

善舞称名手,年余始得知。
殷勤还教我,初步学婴儿。

八

妙曲何宛转，如丝出指尖。
当年辛苦甚，常枕翼琴眠。

九

怜我袭衣尽，深宵密密缝。
自言初未学，精巧胜良工。

十

情知是短别，分袂亦依依。
耳畔频低语；归来莫太迟。

1937 年 11 月

长沙有感二首

一

洞庭落木余霜叶，
楚有湘累汉逐臣。
苟与吕伊同际遇，
何因憔悴做诗人。

二

伤心最怕读怀沙，
国土今成待剖瓜。
不欲投书吊湘水，
且将南下拜红花。

1939年2月

陕北谣

立群有志赴陕北,作此赠之,时同在广州。

陕北陕北天气寒,
羡君此去如登山,
登山不至觉衣单。

陕北陕北多风沙,
风沙扑面君莫怕,
怕时难救我中华。

陕北陕北朋友多,
请君代问近如何,
华南也想扭秧歌。

陕北陕北我心爱,
君请先去我后来,
要活总要在一块。

陕北陕北太阳红,
拯救祖国出牢笼,
新天镇日漾东风。

1938年1月在广州

广州郊外

竟随太岁一周天,
重入番禺十二年。
大业难成嗟北伐,
长缨未系愧南迁。
鸡鸣剑起中宵舞,
狗吠关开上浣弦。
昨夜宋皇台下过,
帝秦誓不有臣连。

1937年12月在广州

南下书怀四首

一

圣凡同一死,
死有重于山。
舍生而取义,
仁者所不难。

二

忧患增人慧,
艰难玉汝成。
死灰犹可活,
百折莫吞声。

三

十载一来复,
两番此地游。
兴亡增感慨,
有责在肩头。

四

遥望宋皇台,
烟云郁不开。
临风思北地,
何事却南来。

1937年12月在香港

上海沦陷后吊于立忱墓[*]

愤悱难任甘一死,
黄泉碧落竟何之?
高怀自使鸾皇渺,
远视终教鹰燕欺。
尊酒敢逾金石誓?
文章今有去来辞。
盱衡自古哀兵胜,
漫道苍茫鼓角悲。

1937 年 11 月在上海

---

[*] 立忱以 1937 年春由日本回国,因肺病未痊,以 5 月自缢于上海。留绝命书十七字云:"如此国家,如此社会,如此自身,无能为力矣。"其愤悱可知也。

看《梁红玉》

　　淞沪抗战期中，予倩兄用旧瓶盛新酒法，编成《梁红玉》剧本，由名演员金素琴表演，一夕获观，深受感动，归而书此。

昔有梁红玉，
今看金素琴。
千秋同敌忾，
一样感人心。

1937 年 11 月在上海

题山水画小帧

1937年夏日本寇我平津,余一人别妇抛雏,只身返国,从事救亡运动,对此画图,与余往日生活有相仿佛之处,不禁有感,故末句云尔。

小隐堪宜此,
山居即是诗。
禅心来远岫,
逸兴对疏篱。
有酒还当醉,
无鱼不足悲。
天伦常乐叙,
回首羡康时。

1937年作

题画红绿梅二首

其 一

晴光透澈影玲珑,
冷艳凝香斗彩虹。
疑自湘皋来帝子,
双双绰约画图中。

其 二

胭脂凝艳玉含香,
照眼春光引昼长。
莫问几生修得到,
待裁新笛弄新腔。

赠达夫

十年前事今犹昨,
携手相期赴首阳。
此夕重逢如梦寐,
那堪国破又家亡。

1936 年 12 月 16 日在日本东京

断线风筝

夜偕达夫往东京郊区访于立忱,立忱以《风筝》一诗见示。诗云:"碧落何来五色禽?长空万里任浮沉。只因半缕轻丝系,辜负乘风一片心。"有所感触,因而和之,而改题为《断线风筝》。

横空欲纵又遭擒,
挂角高瓴月影沉。
安得姮娥宫里去,
碧海晴天话素心。

1936年12月16日在日本东京

题渊明沽酒图 *

村居闲适惯,
沽酒为驱寒。
呼童携素琴,
提壶相往还。
有酒且饮酒,
有山还看山。
林腰栖宿雾,
流水响潺湲。
此意竟何似,
悠悠天地宽。

作于抗战前不久,在日本

---

* 《渊明沽酒图》为傅抱石所画。

信美非吾土

信美非吾土，
奋飞病未能。
关山随梦渺，
儿女逐年增。
五内皆冰炭，
四方有谷陵。
何当挈鸡犬，
共得一升腾。

作于日本，时间约为抗战前两三年

悼德甫*

一棺盖定壮图空,
身后萧条两板铜。
沉毅如君偏不禄,
人间何处吊英雄?

回思夜袭临歧语:
不破坚城矢不归!
今日成尸横马革,
难禁清泪滴君衣。

患难相随自汨罗,
阵中风露饱经过。
人生自古谁无死?
死到如君总不磨。

---

* 纪德甫,共产党员,早年留学苏联,大革命中在武昌城下牺牲。临终时说:"我不要紧,请你们留心着敌人。"

一弹穿头复贯胸,
成仁心事底从容!
宾阳门外长春观,
留待千秋史管彤。

1926年9月在武昌

过汨罗江感怀

屈子行吟处,
今余跨马过;
晨曦映江渚,
朝气涤胸科。
揽辔忧天下,
投鞭问汨罗:
楚犹有三户,
怀石理则那?

1926年8月

采栗谣

上山采栗,栗熟茨深。
栗刺手指,茨刺足心。
一滴一粒,血染刺针。

下山数栗,栗不盈斗。
欲食不可,秋风怒吼。
儿尚无衣,安能顾口。

衣不厌暖,食不厌甘。
富也食栗,犹慊肉单。
焉知贫贱,血以御寒?

1924 年在日本作

春　寒

凄凄春日寒，
中情惨不欢。
隐忧难可名，
对儿强破颜。
儿病依怀抱，
咿咿未能言。
妻容如败草，
浣衣井之阑。
蕴泪望长空，
愁云正漫漫。
欲飞无羽翼，
欲死身如瘫。
我误汝等耳，
心如万箭穿。

1919 年在日本福冈作

十里松原四首

一

十里松原负稚行,
耳畔松声并海声。
昂头我向天空笑,
天星笑我步难成。

二

除夕都门去国年,
五年来事等轻烟。
壶中未有神山药,
赢得妻儿作挂牵。

三

回首中原叹路穷，
寄身天地太朦胧。
入世无才出未可，
暗中谁见我眶红？

四

一篇秋水一杯茶，
到处随缘是我家。
朔风欲打玻璃破，
吹得炉燃亦可嘉。

1918 年在日本福冈

夜 哭

忆昔七年前,七妹年犹小。
兄妹共思家,妹兄同哭倒。
今我天之涯,泪落无分晓。
魂散魄空存,苦身死未早。
有国等于零,日见干戈扰。
有家归未得,亲病年已老。
有爱早摧残,已成无巢鸟。
有子才一龄,鞠育伤怀抱。
有生不足乐,常望早死好。
万恨摧肺肝,泪流达宵晓。
悠悠我心忧,万死终难了。

1916 年作

寻 死

出门寻死去，
孤月流中天。
寒风冷我魂，
孽恨摧吾肝。
茫茫何所之，
一步再三叹。
画虎今不成，
刍狗天地间。
偷生实所苦，
决死复何难。
痴心念家国，
忍复就人寰。
归来入门首，
吾爱泪汍澜。

1916年在日本冈山作

与成仿吾同游栗林园

清晨入栗林,
紫云插晴昊。[1]
攀援及其腰,
松风清我脑。
放观天地间,
旭日方杲杲。
海光荡东南,
遍野生春草。
不登泰山高,
不知天下小。
稊米太仓中,
蛮触争未了。
长哨一声遥,
狂歌入云杪。

1915 年春作

---

[1] 栗林园在日本四国,紫云乃园中山名。

新　月

新月如镰刀,
斫上山头树。
倒地却无声,
游枝亦横路。

1915 年作于日本冈山

即 兴

天寒苦晷短,
读书未肯辍。
檐冰滴有声,
中心转凄绝。
开门见新月,
照耀庭前雪。

1913 年 12 月作于北京

休作异邦游

阿母心悲切，
送儿直上舟。
泪枯惟刮眼，
滩转未回头。
流水深深恨，
云山叠叠愁。
难忘江畔语，
休作异邦游。

1913 年 5 月作于成都

茶　溪*

闲钓茶溪水，
临风诵我书。
钓竿含了去，
不识是何鱼。

---

* 茶溪在我家乡，水由峨眉山麓流入大渡河，幼时常垂钓于此，偶成此诗。